KB107653

새벽달에 쓴 연서

새벽달에 쓴 연서

초판 1쇄 | 인쇄 2017년 10월 26일
초판 1쇄 | 발행 2017년 10월 30일

지은이 | 최영옥
펴낸이 | 최병수
편 집 | 권영임
디자인 | 여현미

펴낸곳 | 예옥
등 록 | 제2005-64호(2005.12.20)
주 소 | 〈03387〉 서울시 은평구 연서로22길 16-5(대조동) 명진하이빌 501호
전 화 | 02) 325-4805
팩 스 | 02) 325-4806
E-mail | yeokpub@hanmail.net

ISBN 978-89-93241-54-9   03810

값 9,000원

이 도서의 국립중앙도서관 출판예정도서목록(CIP)은 서지정보유통지원시스템 홈페이지(http://seoji.nl.go.kr)와 국가자료공동목록시스템(http://www.nl.go.kr/kolisnet)에서 이용하실 수 있습니다.(CIP제어번호: CIP2017027469)

새벽달에 쓴 연서

최영옥 시집

예옥

시인의 말

세월을 부둥켜안고 가슴앓이 하던 날, 글을 접하며 아픈 언어들을 글로 풀어갈 수 있었습니다.

한 남자의 아내로, 세 아이의 엄마로 살아온 세월은 녹녹치 않았습니다.

남편의 일이 먼저였고, 자식 셋을 출가시키고 나니 결혼 생활 사십여 년이 훌쩍 넘어 버렸습니다.

이제 저 자신을 돌아보며 부족하고 미흡했던 일상들을 모아 부끄럽지만 예순여섯의 늦은 나이에 첫 시집을 엮었습니다.

대학의 평생 교육원에서 시 강의를 들으며 글밭을 일구었던 지난 시간들, 특히 이십이 년 세월의 성상을 함께 쌓아온 『너른고을』 문우님들은 제겐 보배로운 글 고향의 동지들입니다.

제 생은 신앙 안에서 키워졌습니다.

주저앉은 제게 일어설 수 있는 힘을 주시고, 빛나는 시간을 엮어갈 수 있도록 인도해주신 하느님께 두 손 모아 감사드립니다.

첫 시집을 내도록 많은 힘을 주신 박희호 선생님과 항상 용기를 주는 남편과 큰아들, 큰 며느리, 작은 아들, 작은 며느리, 딸, 사위에게도 고마운 마음을 전하며, 저를 아끼는 지인들에게도 고개 숙여 감사드립니다.

2017년 가을

최영옥

차례

시인의 말 _____ 4

1부 _ 워낭소리와 고모

나팔꽃 소묘 _____ 12

꽃고무신 애사哀思 _____ 14

거미 _____ 16

재단사의 하루 _____ 18

꽃 아닌 꽃을 제거하다 _____ 20

달무리 _____ 22

대들보 _____ 24

씀바귀에 부쳐 _____ 26

한산섬 동백 _____ 28

가을편지 _____ 30

세연정 _____ 32

콧등치기 국수 _____ 34

비 오는 날 오후 _____ 36

눈 내리는 밤 _____ 38

그리움 사계四季 _____ 40

달맞이 꽃 _____ 42

대관령을 넘으며 ____ 44

만종晩鐘 ____ 46

편지 ____ 48

살구나무 전언 I ____ 50

살구나무 전언 II ____ 52

약수터의 기록 ____ 54

꽃무릇 ____ 56

워낭소리와 고모 ____ 58

은하수 ____ 60

코스모스 ____ 62

허물 ____ 64

2부 _ 백야

새벽달에 쓴 연서 ____ 66

옮겨 심은 국화 ____ 69

수놓는 여인 ____ 70

병실에서 ____ 72

도라지꽃에 대한 필사 ____ 74

현충일 ____ 76

들국화 ____ 78

둥지 Ⅰ ____ 80

둥지 Ⅱ ____ 82

매미 울 ____ 84

바닷가 별빛 아래 서다 ____ 86

그리움 ____ 88

능소화 ____ 90

가의도를 가다 ____ 92

낙타 ____ 94

수세미 꽃 ____ 96

백야 ____ 98

화려한 외출 ____ 100

천진암 촛불 기도 ____ 102

지팡이에 대한 심상 ____ 104

청산도 ____ 106

고독한 여백 ____ 108

벌치기 애환 ____ 110

칡꽃 ____ 112

기차여행 ____ 114

활화산 ____ 116

성묘 _____ 118

3부 _ 사돈

분만 _____ 120

사돈 _____ 122

In-laws _____ 124

첫돌 손녀 _____ 126

꽃신 _____ 128

신생아 _____ 130

이방인 _____ 132

인연 _____ 133

신의 선물 _____ 134

눈이 큰 아이 _____ 136

미련 _____ 138

겨울 텃새 _____ 140

벌새 _____ 142

나비 _____ 143

아버지의 설득 _____ 144

해송과 바다 _____ 146

고독 _____ 148

수채화 ____ 150

연꽃 ____ 151

메꽃 ____ 152

홍콩 비경 ____ 154

스위스 여행 하나, 둘, 셋 ____ 156

베르겐의 언덕 ____ 158

마카오의 거리 ____ 160

철쭉 ____ 162

발문 어루만지고 끌어안는 소박한 무명의 질감 **(박희호)** ____ 164

1부

워낭소리와 고모

나팔꽃 소묘

기상나팔소리엔 소리가 없다

다만,
침묵의 언어인 몸짓만 부지런할 뿐

햇살에 대한
외침도
떨림도 없이
가지런히 새벽이슬 꿰어 보석처럼 이고

고요를 여는 꽃이여

희망
기쁨만 타고 오르는
연하디 연한 새순이여

잎 모아 보랏빛 기도를 피워내는 낙관의 꽃이여!

꽃고무신 애사哀思

기억 저편엔 늘 꽃고무신 한 켤레 품속을 서성이고
있다

소수자였던 내 발이 무언가를 묻는다

외팔에도 주눅 들지 않고 울림통 어찌나 우렁차든지
파시던 고무신 쩍쩍 실금가던
아저씨, 저승길 외롭지나 않았는지

목화꽃 입술 하얀 안개 자욱하던 밭둑길 그림자를
앞서거니 뒤서거니 내 달리던 동무 영심이 꽃님이,
고무신 바닥 다 닳지 않았을까
냇가 여울목에 얼비친 미소 흔적이나 남았을지

장마, 불어난 물길에 한 짝 고무신 잃어버려
애태우던 순간의 나, 그 동심이

오디나무에 너울질 때

모래더미 속에서 삐죽 내민 잃어버렸던 고무신

짝 맞추며 노을에 웃음을 널고 있는지

애처롭다

기억의 편린 속에 내가 아련하여

품에서 닳고 닳은 꽃고무신 한 켤레

떠나보낼 때가 되었는지

동구 밖, 엿 치는 가위소리 장단에 어둠이 깃들고

길 고양이 그림자 내 동심 증언하면

난 꿈길 서성이며 개구리 울음 지우고 있다

거미

누군가에겐 생과 사의 길목
시치미를 뚝 떼
달빛에 걸어둔
흔들림을 기웃거리는 허공이 있다

영롱한 비단실로 어둠을 통제하는 전사

먹이사냥도
영역표시 방패막이도 아닌 작은 몸집 큰 의미의
신기한 곡예가 아득하다

착각하는 순간의 흔들림을
포착하는 촉수가 환해
정신을 추스른다

은근과 끈기가

생존 술인 거미,

그가 쳐둔 거푸집에

또 한 生이

자멸의 길목에 날갯죽지 퍼덕이면

빈 공간의 덫이 하얀 소곡을 연주한다

정신을 추스른다

다시 은근과 끈기를

거미줄에 보태어주고

허공에 거미줄을 응시한다

재단사의 하루

봄볕이

가게 마루를 파고든다

골덴텍스Golden Tex양복감을 편편하게 펴신 아버지

삼각형 분필로 재단하신다

순식간에 윗도리 옷본이 생기고

바지 본이 만들어지니

가위 지나는 길마다 보릿고개 허기가 지워진다

자투리 양복감에

만면의 웃음 띤 동자스님과

금방이라도 날아오를 듯 참새들을

그려 놓으시니

앞집 목공소 아저씨 그림 속에

넋을 빼앗기고

아버지는 길게 허리를 펴신다

꽃 아닌 꽃을 제거하다

-욕실 청소를 하며

빛을 피해

어두운 곳에 피는 검은 꽃 아닌 꽃이 있다

꺾인 자세 깊이 숙여

음습한 골짜기마다 자리 잡고 있는

퀴퀴한 냄새가 피고 있다

강력세제와 억센 솔로

악의 꽃 제거하는 비장함에 소름 돋는다

불굴의 용사되어 한바탕 소탕하고 나면

유리알처럼 빛나

윤기 감도는 너른 마당이 재생될 것이다

 땀범벅이 된 채

악을 제거하고 향기로운 꽃내음 피웠다

환골탈퇴

그 자부심에

세상만사 인간사도

이렇듯 하지 않을까 되뇌며

길게 허리를 편다

달무리

사립문 열린 사이로 산발한 달빛이 초라하다

숭고함 잊은
파란 샛별 미간으로
신비한 밤바람의 희미한 가락이 흐른다

빛은 아련한데
양털구름은 저들만의
정겨운 행진을 하고
에워싼 무리의 빛, 그 빛도 유성처럼 포물선을 그린다

하나둘
홀연히
밤하늘 달무리 되어 떠나가는 인연의 숲,
그 아픔을 애도하듯
처연한 빛살은

그리움의 타악기 되어 밤을 지키고 있다

종탑에 어리는 빛 오래도록 정지시켜

실오라기 같은 여백의 마음, 고샅길 가로등에 턱하니
걸쳐둔다.
마음 여백 복잡함을
씻어내고

열일곱 코스모스 빛 꿈을 꾸던
홀가분한 마음으로
내일을 맞이할 채비를 하련다

대들보

수많은 세월 나이테를 간직하고
숨 쉬는 우직함
버리려 했었다
옛것의 소중함보다
새것의 편리함 찾아다니던 시간, 시간 속

조상의 숨소리 받들고
선비의 기개를 사랑한 너의 향기
믿음직한 자태
마음 모아놓고
생각 모아놓고
갓끈 다시 매게 하였다

옛것을 잃지 않았다는 자부심
그 곁에
새것이 이루는 조화로움

조선기와 지붕 밑에

곱게 단장하고

춘향목 은근한 향내 두른

수백 년 몸태

더 길고 긴 세월의 주인으로

새 나이테 두르고

행복한 궁궐 지켜갈 정녕 귀한 버팀목이여

씀바귀에 부처

산빛 짙어지면 푸른 갈기 휘날려 잎맥에 키운
치열한 맛이 쓰다

틈마다 비집고 들어선
외마디 비명은
낱장마다 속속들이 발자국에 고이는
떨림을 담아 쓴맛을 익혔다

꿈틀거리는 혀는 제 몸에 이는 바람을 이수하고 있다

"몸에 좋은 약은 쓰다"라는 문구
약인지? 쌈인지? 풀인지?
물소리가 다 읽어 오해가 풀린 자극은 그래도 쓰다

나른한 햇살 속에서 졸다, 졸다

쌉쌀한 맛, 그 맛은 시의 한 연으로 원고지 위에 내
린다

한산섬 동백

정월 햇살이 내려와
통영 앞바다 시나위로 너울진다

남녘 봄바람은
계절이 앞서가고
뱃길 따라
안치된 섬, 수평선을 지우고 있다

수루에 올라
충무공의 시 한 수 읊어보니
모든 시름이 푸른 솔잎 속에 파묻히고

왜적 호령하며
"내 죽음을 적에게 알리지 말라"던
그 충절이
푸른 잎 속에서

핏빛으로 붉게 타는

동백꽃,

섬은

봄. 봄. 봄이다

가을편지
― 너에게 보내는 울음

아가야
시월의 하늘이 참 맑구나

솔숲에선 산국 향내가 깊고
여름 음절을 가을 음절로 바뀐 풀벌레 소리는
여전히 새롭단다

바뀌면 불협화음이련만
그 소리에 넌 귀를 쫑긋 궁금했을 터

네, 빈자리 연보라 잠자리 꽃 그 위를 맴도는구나

숲에서
바람이 불더니
밤나무가 후드득 알밤을 쏟아내고
굴참나무는

도토리 알맹이를 떨어뜨리는 네게도 이런 풍경이 있
으려나

이곳 소풍지는 말이다
여전히 잽싼 다람쥐가 밤, 도토리를 저장한단다
네 모습이었구나

산 아랜
가을이 영글고
모든 열매에 단물이 가득한
가을날,
우리 아가도
단물 드는 폭신한 나날이길
바란다
내 아가야!

세연정

– 보길도 고산 윤선도 사당에서

휘어진 노송자락 연못에 닿을 듯
몇 백 년 세월 이고 지켜온 충절
정자의 누각과 어우러진
옛 선비 체취이고 흔적이여라

수면 위론 솜털구름
하늘이 그대로 비추이고
한여름의 무더위가 주춤 머물다가
시원한 바람 한 줄기
무더위를 식혀주는데

고산의 시비에서
어부사시사 춘, 하, 추, 동,
뱃노래 여울지니
한가로이 못 위를 떠돌던 구름
한 척의 배가 되어

'어 영차 어기여차' 노 저어가네

콧등치기 국수

청아한 가을 햇살이
붉은 잎 물결 위 한가로이 노닐고
허기진 배 채워주던 메밀의
척박한 땅에 아리랑, 아리랑 주렁주렁 열렸다

땀내 두른 조상들의 하얀 적삼으로
전설을 풀어놓던 날

무서리는 몹시도 차가웠다

그날이었지
형부를 먼저 떠나보낸 언니는 눈물 끝에
콧등치기 국수를 꾸역꾸역 우겨넣었고
정선 구절리 석양은 화석처럼 붉어 동강에 불을 식
혔다

아라리촌에서

탱탱하게 부푼 면발이 콧등을 치면

詩날에 끊긴 국수 가락이 낭송되었고

그날 호기에 찬 누룩주에 질퍽하던 형부의 환청을 보
았다

비 오는 날 오후

실비의 장삼자락이
뜰에 바람을 일으키고

한적한 여유는 늘 내 뒤편에 있다

빗줄기의 부서진 속삭임은
풀 향기가 있고
옆집 아기의 낭랑한 웃음이 있어
난 여백이 자유로운 방랑자가 된다

초록 잎 베게 삼아
실비 알알이 엮어보면, 그 또한 물빛
찰랑이는 이불인 것을

신기루 같은 고독은
먼 화석 돌비늘 위에 퇴적된

가쁜 숨 쿨럭이게 한다
이내 꿈은 무지개를 피우고
나는 상처만 깊어진다

실비 끄트머리에 기댄
텃밭은 느닷없이 나를 복제하고
맑은 시 한 편이 오늘도 묵묵히 나를 경작하고 있다

눈 내리는 밤

까만 밤 가로지르던
하얀 점 하나하나 가로등 불빛 속 직선으로 투항한다

무색의 아우성은 밤을 다그치고
눈바람은 골목길 밝혀 행진을 멈춘다

덮고, 덮이어 빛바랜 대문에
점점 어두워져 익어가는
세상 모퉁이에 부딪힌 슬프고 아픈 것들,
그것들을 감싸라

거친 밤의 광기를 잠재우고
백설 궁전을 백설 성을 쌓아라.

하면
설록차라도 끓여놓고 오래 감추어두었던

캄캄한 언어들을 풀어
소리 꽃 만발한 위로를 드리리니

밤이여 눈꽃이여
저 낡은 꿈 허물어내고
길 잃은 영혼을 위해 하얀 소복 한 벌 짓는 밤의 꽃
되어라

그리움 사계四季

화려한 봄날

벚꽃들

화사하게 피어나는 애련한 모습은

채 여물지 못한 생명들이

안타깝게도 기억의 저편에서 아른거리고

뜨겁고 무더운 여름날

더운 눈물 흘리며

잊지 말아 달라는 물망초 애절함이 오산지에서 피고

가을엔 꽃보다 아름다운

단풍들 아우성

낙엽 따라간 생명의 흔적이어

흰 꽃송이로 수없이 내려앉아

눈이 시리도록 희디흰

백색의 사랑은

아픈 그리움을

포근한 깊이로 잠재워주는

그리움이 처연히 쌓여가는 계절

기어이 내 삶은 지독한 사계에서 시든다

달맞이 꽃

밤새도록 달빛에 익은 노란 웃음
이슥한 밤, 달이차면
사모의 눈을 뜨는 꽃,
달빛으로 향하는 숙명이었다

물 찌꺼기로
꽃고무신
자꾸만 벗겨지는 목욕한 여인도
예사로 보는

참고 기다리는 그리움은
달빛이 사그라지면
제 입술 다 닫지 못한 채 시들어
원망도 없는 꽃,

오직 시나브로 그리움 한 움큼

띄우지 못한 여윈 꽃이여!

대관령을 넘으며

비 오는 바닷가 경포대 시린 파도를
뒤로하고 오른
험준한 고갯길 섶에서

옛 선인들이 넘었을 수없는 발자국 위로
자동차 바퀴 자국이 새파랗게 낙관되고 있다

굽이,
굽이 휘감아 도는 안개는 곡예 운전을 재촉한다

간간이 내리는 빗줄기는
자욱한 안개 자락을 빗질하고

강릉을 내려다보니
어머니를 그리는 애틋한 신사임당
모습이 보이는 듯하니

안개는 어느 한순간 피사체를 바꿀 수 없도록

운전대에 입김을 불어 넣고 있다

그 아린 고갯길 지나면

환한 초록물결 피사체는 동공을 희롱할 것이다

만종 晚鐘

세월 바랜 먼 기억 속

저녁나절 들려오는 종소리

불타오르는 노을을 가슴에 안고 살았다

라일락 향기가 노을 속에 내려 않는

오늘 같은 날이면

두레반상 둘러앉은 지난날의 가족들

활동사진처럼 움직이며

잡히지 않는 그림자 노을 속으로

숨어 버리는 안타까움

소중한 기억들

지난 세월 종소리로 갇혀 있더니

생명줄보다 질긴 동아줄 끌어당기는

종지기 아저씨 소꿉친구 봉애

마음 깊은 곳에서부터 메아리로 울리고 있다

천천히 깊고 은은하게 그날의 음색으로
사랑의 종소리
여운이 마음속 깊이 파고들어

먼저 가신 영혼들을 위해 성호를 긋는다

편지

해 기울어

어스름 달빛 속엔

찬 그리움이 진득이 묻어 있었다

아프다고 말 못하는 침묵도 무겁게 녹아 있고

어느 봄인가

응달에 남았던 눈을 녹이듯 사랑으로 찾아온 피앙새

여!

따사로운 봄볕에서 졸다가

바이올린빛 제비꽃을 보고 활짝 웃던 임이여

태양이 이글거리는 여름

느닷없는 소나기처럼

천둥 속에서 아우성치던 그대여

여름의 열기가 서늘한 바람에 밀리어 갈 때쯤

익어가는 빨간 고추

그 고춧잎에 머무는 늦여름

임이여

낙엽 지기 전

고운 단풍빛 사연 띄워

영글어 가는 가을빛으로 오시길

귀뚜라미 우는 밤에도 기다리고 또 기다립니다

살구나무 전언 I

초록빛이 키워낸 잎사귀 자락마다

물관의 젖무덤이 순산한 둥근 하늘
태양 빛 닮아 가더니
성글어진 틈새로
팽팽한 단맛을 키우고 있다

꽃 만발할 때
옆집 주인 하는 말,
열리면 따 잡수세요

그 독백이
귓전에 바람처럼 지나가고
주홍빛 품어 둥글어지는 학습 마친 살구
상처의 악보 지우고 있다

느닷없이 장독대 오를 때마다 잘 익은 흔적은 없어
지고
　침묵만 겉돌고 있었다

　어느 날
　여름 볕 아래 푸른 잎사귀만
　살비듬 돋고
　바람은
　열매가 없음을 읽어주고 있다

살구나무 전언 Ⅱ

봄은 다시 왔고

살구꽃,

가지 사이 틈새도 안 보이게

만발하였다

새 천년을

노래하는 분홍빛 살구꽃

어느새

봄바람 따라

눈꽃처럼 지더니

지난해보다

셀 수 없는 숫자로 가지 휘어지게

또다시

태양빛 닮아간다

산그늘 속에서

신맛이 하얀 해거리를 하더라도

내색하지 않으리라

그 자리에 박힌 혀, 여기저기 맛이 돋는다

약수터의 기록

새벽안개 속
새로운 나를 찾아 나선다
신선한 공기는 진실이라며 오고 간 산길

흰 구름 한 자락 따라
산허리 돌고
발걸음 산모퉁이를 돌아드니 산 까치 한 마리 반기네

산 아래 골짜기 가득 솟는 향기 있어
발걸음 머무니 산 더덕 향이었다

샘터에 이르러
청량수로 입안을 적시고
골짝을 타고 구르는 물
산 뻐꾸기와 화음을 맞추어 보네

칠보사 풍경소리 아린 바람 몰아세우니
젖은 땀, 맴놀이가 깊다

법당 앞 외줄기 난초는 보랏빛으로 애처로운데
목탁소리 혼백 달래듯
깊이 울려 퍼지고

윤회의 덫에 뻐꾸기 연이어 울어대니

되돌리는 발걸음
생명수 나르는 배달꾼 되었네

내리막길
산 다람쥐처럼 재빠르게 내려오는
발자국에
또 한 무더기 삶의 편린들이 수북 움이 트고 있다

꽃무릇

서로를 바라볼 수 없는 그리움 자락
지켜줄 수 없는 안타까움이
초록 볕 들길에서

핏빛 연서 초서로 쓰고

어찌할 수 없는
서럽고 시린 갈바람에
피 토하듯,
현란한 춤사위가 청자빛 가을하늘에 휘호를 쓴다

처절한 울부짖음이 너울, 너울!
먼저 오신님 뒤 곁엔 발소리 현란하고

조화 속, 부조화의 대지를 붉게
더 붉게 수놓는 사연

그대는 아시렵니까?

가을자락에 빗장을 연,
활짝
열어젖힌
핏빛 너울 그리움의 군무여!

워낭소리와 고모

새벽 어스름 매캐한 연기
군불을 지피던 고모의 자지러지는 해소기침
사립문 옆 외양간 누렁이 여물을 씹는다

부엌 옹솥의 밥, 뜸 들고
화롯불 된장찌개 바글바글
안방에 아침상 차려지면
고모 걸음이 바빠진다

누렁이 목줄에서 딸랑이 울릴 때
받아온 첫 소똥
두 발등이 맹꽁이배처럼 소복한 큰언니 발
서울서 인천 소사까지 통학을 하다
동상에 걸린 치료약 처방으로
아버지가 재봉으로 만들어주신
광목 주머니에 소똥이 채워지고

두 발을 담근 큰언니

열두 살 소녀는 그것이 당연한 듯
고종사촌 오라버니들도 군소리 없이
아침을 먹고
착하디착한 고모 낯빛은 천사처럼 해맑았다

누렁이도 헤벌쭉 김이 모락모락 피어오르는
여물 먹는 아침

방학 한 달 동안
고모와 누렁이 수고로
동상은 완치되어
누렁이 워낭소리 크고 맑게 울리고 또 울렸다

은하수

박꽃이 하얗게 입술 여는 밤
별빛은 소록소록 재이고 하늘의 축제는 시작되었다

보석빛 냇물은 유유하고
별빛 창가엔
빈자리 하나
시집간 언니 생각에 가이 없어

왜 그리 서러운지
은하수만큼 흘렀던 눈물샘이 마르질 않았다

이젠
돋보기 쓰고 밤하늘 이리저리 헤집어 보아도
간곳없는 별빛,
은하빛이여!

그리움만 아는 이만 은하수에 잠긴 밀어

제대로 읽어 내리라

코스모스

숭숭한 하늘 향해

가녀린

발돋움이다

서늘한 갈바람에

피어오른 화살촉 같은 그리움 져며

길섶

비명이 지나간 언덕

한 뜨락, 거미줄에 걸린

짙은 기억이 물수제비 뜰 때

낱낱이 피워내는 언어,

연분홍이다가 다홍빛이다가

이내 흰빛이다가

인적 드문

홀로의 밤에 스민 찬이슬 머금고

함량이 부족한 가을빛

바코드에 무수한 그리움

덧쌓고 있는

아씨인가 침묵인가 바람을 풀어놓고 있다

허물

호흡하며 마시는 공기와 더불어
함께 마시는 먼지
내 안에 흐르는 피는
맑고 온유함을 추구하기에
먼지 그물망으로 걸러내다 만나는
얼굴과 마음들
선善을 지향하고
희망을 뜨개질하며

새로이 철드는 여심 꿈틀대길 거듭하다
애벌레 허물을 벗는다

2부
백야

새벽달에 쓴 연서

그리운 얼굴인가

아쉬운 연서인가

아직도 잠들어 있는 고요를 간직하고

달 옆에 비켜선 별빛에 쓰인 초서

유년 삽화처럼

아득하니

어머니 머리 수건 위로

고요히 내리던 달빛 언어로

뜰 앞에 서니

별빛에 얼핏 비친 어머니

눈물 같아

아궁이에 타는 군불

어머니 눈물이며 따뜻한 손길이었다

혼탁한 세월

고통 끌어안고도 내색 없었던 침묵은

출렁이는 파도였을까

이제

아내로 어머니로

새벽을 여는 여인이 되고 보니

그이의 일상은 늘 기도로

눈밭에 핀 복수초로

첫새벽 무거운 눈꺼풀 열었었지

잔설에 친구 되고

꽃 잔에 벗이 되었던 내 나지막한 고향이신

어머니! 묵언으로 불러본다

그 어머니

소식 묻고 싶어 새벽달 따라

한 발 한 발 다가가니

어느새

오늘이란 땟자국만 겹겹이

나를 위로하고

내가 엄마 되는 사이

먼동 희뿌연 틈새로 휘어가는 그림자

그만, 어머니는 화석이 되었다

옮겨 심은 국화

몇 해 전 화단에 옮겨 심은 국화 무더기가
오 년째 해맑다

곱고 그윽한 분홍 꽃향기 따라 꽃에서 꽃으로 분칠
하는
벌 나비들 날갯짓에
가을볕 부서져 청아하다

울 밖 은행잎 국화 향에 취했는지
사알 짝
담장 안을 기웃거리면

가까이 다가선
시린 가을 사랑타령 한 자락 여물어가면

가을향이 높고 깊다

수놓는 여인

무릎 꿇고, 고개 떨구어
세월 켜켜이 끌어안는 여인의 손길에 꽃이 핀다

시름 한 땀
기쁨 한 땀
한사코 지은 둥근 테가 경전이다

어두운 밤
하얗게 사위어 가도록 덮는 푸른 불씨에
세심한 손놀림이 스며 밴다

주름진 세월
접혀진 아픔
시첩에 실려 곱게 색실로 꿰맨다

수없는 삶 다시 짙어지고

묻힌 소문 완성하며

수틀 속에서
울다
웃는
여인의 손끝에서 청청한 댓잎 소리가 여문다

병실에서

남편을 수술실로 보내놓고 삼 층 성당으로 향했다

성체조배하며

하느님께

무릎 꿇고 간절한 기도 속에 묻혀

믿고 맡기는 평온한 기다림이었다

미사 중에 문자가 떴다

세 시간의 수술

회복실로 옮긴다고,

중환자실 행도 다 물리치고

간호사 여섯과 의사와 입원실로 거창한 입성을 했다

아들에게 인증 샷을 남기란다

환자의 여유로움은 기도의 바람이었을까

입원실은 환해지고

함박웃음이 번지는 가족들 얼굴빛

두 손 모은 감사의 기도였다

도라지꽃에 대한 필사

보라빛 염낭*에 별꽃 피워 수줍은 잉태를 시작한다

한 올, 유년의 기억 화선지에 핀 꽃
어머니 저고리 빛이 촘촘한데

해소기침 잦았던 고모님
낯빛으로 다가서는
애잔한 꽃 결이 푸른 불씨를 매달고 앨범 밖을 서성
이면

한여름 뙤약볕도 신비한 가사를 걸치고 있다

개울에 걸린 나무다리
보도랑을 따라
오리나무 길을 지나면
수국꽃이 만발했던 사립문

바람에 흔들리는 꽃모가지에

무거운 눈꺼풀이 흔들리면

혼절한 추억의 갈피에 성성한 주름 안고 휘적휘적 내

가 걷고 있다

---

* 입구에서 잔주름을 잡고 끈 두 개를 양쪽에 꿰여서 여닫는 주머니.

현충일

짙은 회색구름이 추념식장 하늘 휘돌아

6월의 모진 태양, 그 열기를 제 몸으로 받아냅니다

검은 리본 아래 슬픔을 삼킨 세월은 미루나무 우듬지

를 툭 꺾어

피 끓던 용사의 머리에 백발을

새색시에게 밭고랑 같은 주름을

백일 된 아들에겐 더도 덜도 말고 아버지를

그 이름을 꿈길에라도 잊히지 않게

유월을 보채었나봅니다

강보의 온기 잃지 않으려 육십팔 년 사래 긴 밤

그리움과 오열로 키워낸 장년 세월 꾹꾹 눌러

조총의 희뿌연 연기에

솟대처럼 세워두고. 긴 묵념에 빠졌습니다.

당신 그날은,

혹 많이도 아프셨던가요

혹 심장은 온전하셨나요

혹 어머니 그리우셨나요

혹 아들도 보고팠던가요

당신이 아파했을

그 상처로 인해 저희 생채기도 깊고 깊어 골짜기를
만들었답니다

그렇습니다.

당신 아픔이 젖줄 되어 타래진 한 생生 이리 옹골차
게 여물었습니다

아버지! 목울대에 넘길 수 없는 아버지!

들국화

찬 서리 내린 둑길에서
서걱 이는 억새 사이로
보랏빛 추억은 빙긋이 그리움을 부추긴다

냇가로 넘나들던 둑길
유년 벗들이
우르르 진초록 향기로
소곤소곤

정신 줄 놓아둔 채
재잘거리는 이야기꽃이
먼 길 떠나는 기러기 날갯짓처럼 혼곤하다

흘러간 기억은
들국화 향기로 채곡채곡 그리움 빚어두고

내골 깊은 연륜 곁에서

가을이

가을이 깊게 익어간다고 전언 전하는

엽록소 잃은 이파리에 붉은 만장이 펄럭인다

둥지 Ⅰ

정갈한 마음으로 설렘을 살포시 닫아둔다

사춘기 소녀처럼

피어나는 호기심을 다독이며

풀 방구리 쥐 드나들 듯 바빠진 혼기 찬 아들!

짝 찾아 나서더니

전보다 더 부지런한 뒤태

뜨거운 여름날 한 줄기 소나기처럼

시원한 소식 전해주건만

어미는 왜!

한 심장이 이리 가빠오고 옆구리에 찬바람 이는지

아들아! 넌 짐작이나 하였느냐

예까지 오느라

등짐은 혹 무겁지나 않았을지

둥지 II

목련꽃 같은 막내딸 시집보내고
온몸 가득 봄 햇살 받으며
장독대에서 빨래를 널었다

봄볕은 용마루에 수많은 사연들로 걸터앉아
바람과 함께 수런대고

고택을 수리할 때만 해도
한생을 함께 할 것 같이
온갖 정성 다해 가꾸고 흡족했던 시간들
조선기와는 세월의 이끼로 머물러 있고

막내딸 새 가정을 이룬 이 봄날
분홍. 노랑. 진홍빛 난이 삼남매의 얼굴로
이 어미 품속 파고들어
외로워지는 순간

아침이면 딸아이 방문 열고

별빛 스민 밤에도

또 한 번 방문을 여닫는다

매미 울

마른 나뭇가지 사이로 바람이 슬픔에 젖을 때
그 사이에
매미 껍질 말갛게 달려 있다

투명한 장삼자락 훠이훠이 날리는 허물

떠나간 이 그리워

잦아든 울음은
낮과 밤이 바뀌어 우는
첫 아이 키울 때
약효를 보면서 알았다

제 몫 다한 그림자 두고

깊은 내

마른나무 가지에

흔적 그대로 그리움 여울 되어
울음 한 자락 비추고 있다

마른나무 가지에
벗어둔 허물은
모양 그대로 그리움 여울 되어
아롱져 있었다

바닷가 별빛 아래 서다

사위어가는 노을 뒤로
흰 초승달 얼핏 화석처럼 잔뿌리를 품고
바닷가 교회
창틀 불빛에 두 손 모으면
기도 소리 점점 지친 자들의 파도를 일구고 있다

고단한 하루 코고는 소리
밤 자락 하늘빛에 별들이 수런거리면

아!
흐르는 은하는 파고의 건반을 찬양하고
견우와 직녀는
동화 속 풍문으로 무성하다

별자리에 사리 튼 이들을 먼저 생각한다
빈자리는 언제고 세월의 몫인 걸

거듭나기를 두 손 모으는 시간

아직도 멈추지 않는 바닷가 교회 기도 소리가

먼 수평선을 잠재우고 있다

그리움

아버님 떠나신 7월이면
청개구리 울음 울어 뉘우치는 불효

평생을 쓰시던 재단 가위도
주인 잃어 잠자고
일 끝내고 날아오를 듯 그려 놓으셨던 참새도
구름 높이 올라갔는지
볼 수가 없는데

쉼 없이 내리는 빗물 속에
한잎 두잎 떠가는 그리움 뱃전에서
용서를 띄우오니
천상에서
천사들 날개옷 재단하시옵길
지상에서
얕게

흐르는 그레고리안 성가를 듣습니다

능소화

더운 바람 스친 자리 고된 나날이 다독이다

애써 피워낸 주홍빛 고운 자태
초록 잎 사이로 흐드러졌으나 위선은 향기가 없다

한때는
이름 하나 만으로 대문 기둥 위에서 담 밖을
기웃거렸건만

치명적인 꽃가루는
주홍글씨 목록에 편입되었고
가꾸던 손길마저 멀리, 저 멀리 소식 끊은 자리에
상처는 언제나 초록이었다

여전히
초록 잎 속에 핀

주홍빛 꽃잎은 위선을 품고

시린 설움으로

석양 속에 애처롭다

가의도를 가다

떠나간 이들이 돌아오길 기다리는 듯
물안개는
바위섬에 하얀 띠 두르고
좀처럼 섬을 허락하지 않았다

뱃길 따라 삼십 분
초록빛 융단 같은 바다 물길을
가르는 거센 물보라
위대했고
인간은 한없이 작아 보이는 뱃길

군무를 추는 듯 울창한 바위
골짜기 사이 사잇길에 누런 대지가 젖줄을 캐는
조용하고
평화로운 섬, 가의도
뭍으로 떠난 이들이 돌아오지 않아

늘어난 빈집 문설주에 소라 이야기는 없었고

양쪽 포구를 내려다보고
아이들 없는 교실 묵묵히 지키고 선 섬 끝자락엔
고동과 홍합이 장을 열었다
오염되지 않은 인심이 소롯한 바다
짠 내만 가득
기억하는 섬,

가의도는 무심히 수평선을 지키고 있었다

낙타

태고의 바다로 열린 소금 사막

소금,

그 등짐 지고

휘청거리는 바다를 걷는다

단호한 명령 강한 눈빛이 용광로 녹일 듯

사막을 통과하려는 본능은

공존의 치열한

생애 빛깔이다

낙타의 순종으로 삶의 보금자리를

다지고 사는 삶,

그 노고는

힘차게 일어서는

묵묵한 낙타의 침묵으로 얻는다

고삐를 잡고 걷는
검게 그을린 눈망울에 사막이 넘실대고

내일을 향한
빠른 걸음은 낙타와 함께 소금밭을 채굴하고 있다

수세미 꽃

첫새벽 이슬과

담벼락이 무던히 키워낸

채워도, 채워도

속 한번 채울 수 없는 바람처럼 가벼워

이면지가 된 숙명의 꽃

노랗게 자지러진

실타래 사이사이 구멍을 잉태하고

온몸에 흐르는 수액은

이파리만 펼쳐두고

햇볕이 보내는 엽록소 전언

빈속만 키웠다

그 여름은 내 몫이 아니었던가

파란 그늘이 치열하게 삶을 빡빡 문질러 두레질을

하면

수세미 등짝은 곰팡이가 핀다

기어이 수세미 덩굴손은
제 왔던 길 더듬어 허공도 속수무책 길을 준다

백야

피요로드*가 곳곳에 산재해 있어 바다이면서 호수인 고원의 낙원 낯설고 물 설은 곳이지만 푸른 눈에서 온화함을 발하는 친절하고 상냥한 코가 큰 이들 오랜만에 태양빛은 그대로 축제였다

갈매기 외쳐대며 작은 선박 위로 날아들고 야외 바Bar에서는 백인들이 햇볕바래기로 햇살을 끌어안는다

선착장 빈 배 위에서도 브라보 연인들의 입맞춤 남을 의식하지 않는

자유로운 몸짓들 태양빛은 때를 모르고 이글거린다

감히 어두움이 근접을 못하고 호텔 창밖은 대낮 피곤한 남편 눈꺼풀이 무거워 끝내 코고는 소리 바Bar에서는 왁자지껄 태양을 떠받든 바다는 수평선을 길게 드리우며 잠 못 들고 저녁에 마신 커피로 지지 않는 태양빛을 두고

정녕 잠 못 드는

눈부시게 하얀 밤

순백의 밤으로 들뜬

이국에서의 색다른 이 밤

---

* 빙하에 의해 만들어진 U자 계곡으로 바닷물이 들어와서 형성된 만.

화려한 외출

어머니!
황망히 떠나시는 길,

눈부신 햇살은 어인 일이란 말입니까

네 살 된 막내 흐느낌이 상여 끝 붙잡았던
그 오월이 오면
불꽃같은 생, 다 못 피우신 사랑도
아카시아 향내로 머무시는 듯
짙은 계절이 온 세상에 만개하였습니다

막내가 애석하여 뻐꾸기 울음으로
애처로운 싸리 꽃무리는 무덤가를 가득 채웠습니다

초록바람 속 보리이삭 알이 배면
모든 고통 놓으시고

인고의 시간은 아프고 또 아팠으나

마음속 살아 숨 쉬는 자손들 소식 거두신

천상으로 나들이 가신

어머니는

아직도 화려한 외출 중이십니다

천진암 촛불 기도

아베, 아베 아베마리아
아베, 아베 아베마리아
수많은 촛불 행렬 어둠 속 수를 놓고

우렁찬 찬미노래
천진암 성지에 울려 퍼진다

하늘과 맞닿을 듯 높은 터전 하늘가
샛별 하나

드높은 기도 소리 애국가로 온 세상 이어지고
성인들은 천상에서
혼돈한 세상 위해 기도에 화답하는
진리의 찬란한 빛
성지에서
한 떨기 무궁화로

영원히 피고 지고, 또 피어나니

이 한 목숨도
"영혼의 불꽃으로 타오르게 하소서"
두 손 모아 촛불을 켠다

지팡이에 대한 심상

돌아갈 수 없는 시간들
돌이키려 전전긍긍하다
속울음 그치고
그저 사랑, 그 하나의 벗이라 부르며
생명 없는 마른가지 품에 의지한다

억새 군락에서
수그러들지 않는 바람과 새소리 된 마음으로
마르고 말라 가벼워진 몸,

물봉선화 피고
고추잠자리 노닐 때

그 골짝
타는 노을 속
한 마리 파랑새처럼 자유로워지려고

바람구멍 숭숭 온몸을 태워

단 하나의 수호천사로

지친 영혼 단단히 직립보행 지탱하는

하얀 옹이가 되었다

청산도

하늘이 열어준
4월의 문틈 사이로
노란 꽃물이 번지는 섬마을

애달픈 사랑 노래 파도에 싣고
검은 관으로 누운 저 주검
고향 산에 묻히고파 여객선 타고 고향 찾으니

갈매기 울음 따라
물살 가르는 뱃고동만 서편제 유채꽃 길을 걷고 있다

순박한 할머니 굽은 등 펴고
쫀득하게 말린 고구마
뭍에서 온 사람들 덕에
불티나게 팔아
주머니가 두둑한데

할머니 얼굴엔 바다 그림자만 유난히 어른거린다

서편제 한 가락 한가로이 섬마을 돌아드니
수평선 위로 석양의 메아리가 심상치 않다

고독한 여백

혼자라는 굴레 벗지 못해
울렁이는 가슴은 늘 울타리를 친다

나만이 누릴 자유
여백이 옴팍한데

계절에 맞지 않는 옷자락 펄럭이며
갑갑하다, 갑갑하다
독백처럼 꽈리 틀며

눈부신 햇살
언제나 그 자리에 푸른 말
고쳐 적어둔 일기장이
탱탱하게 부풀면
염원의 한마디 서늘하게 받아쓴다

여민 옷깃사이로 허공이 비집고 들면

그 여백에 붓을 들어

행간을 채우고

나는 자물쇠도 없는

문을 툭! 잠근다

벌치기 애환

날갯짓은 생명의 소리다

그 소리가 촉각이고

환생이다

사람이 먼저 벌이 되어야 벌을 치고

그들과 분주한

소통을 할 수 있다

벌들이 꽃 속에 빠지는 것은

융단 밟는 일일 게다

뒤척거리는 발마다 화분이 가득하면

중량 초과된 날갯짓은

이정표도 없는 바람이 풀어놓은 하늘 길에

탁발을 한다

벌치기는 풀잎피리로 벌의 기운을 돋우면

살아온 날의 애환이

하루 속으로 가물가물 사라져가고

끝내 자진한 벌통 속에는

꽃 내가 진동하고

무거운 닻을 내린 벌, 버석거리는 심장의 파지를 챙

긴다

칡꽃

산비탈
벼랑 끝으로
넝쿨 뻗은 억센 생명력이 있다

암칡 넝쿨 마디마디
보랏빛 꽃 피워 물고 뻗은 줄기는
꽃의 효능을
선물한다

인륜이 저지른
병고를 자연 속에서
끈질기게 살아낸 칡넝쿨이
치환의 치유를 한다

살인적인 폭염 광기를
보랏빛 꽃 타래가

사랑의 한숨으로 다독이고*

얼음골 냉기를 데려온 듯 시원한 향내를 내 뿜는다

---

* 칡 꽃말.

기차여행

겨울 끝에서 허물을 벗는다

한 겹 벗어버린 자유가 하얀 입김으로 번지는
일행들 얼굴에 백목련 화사하다

배낭 속에서 꿈틀대는 호기심은 시간을 뛰어 익살스
럽고
기차의 긴 꼬리만큼 부푼 기대감은
열아홉 순수로 돌아가려 한다

노골적인 연인들의 표현은
민망한 세월의 흐름이라
느리게 움직이는 차창 밖 설경이 그들을 품는다

위대한 화가의 진풍경이 겨울을 안내한 시간
기차는 눈밭을 지쳐

대지의 호흡이 가쁜 온천에 닿기 전

아스라한 꿈길은 레일 위 칸칸이 여문
긴 터널을 지나고 있다

희미한 여명이 커피 향을 대동하고 코끝을 토닥이면
꿈을 벗어 주적주적 배낭에 담는다

활화산

소화신산*昭和新山 붉은 봉우리
거대한 흙덩이를 이고 있는 기이한 모습

유황 냄새를 뿜으며 활동을 멈추지 않건만

산 아래는
초록이 울창하고 도야 호수는
푸르디 푸르른데

기형화된 봉우리는 분노를 태우듯 붉은 용암이 얼비
치고 있다
　오십 년 넘는 세월을 한결같이
　뿜어대는 하얀 연기는
　각성하라는 메시지인 것을
　이들은 모르는 체 외면하고 있는 것일까

이 땅 위에서 숨 쉬는 양심은

가슴에 손을 얹어야 할 때

발길을 돌리는 풀밭에

자운영 자주빛 꽃들이

뉘신지요

모두가 활화산이다

성묘

무덤가에 알밤 한 알 툭, 바람이 보냈다

살그머니 다람쥐

알밤이 불러냈다

아무도 찾지 않는

외딴 무덤가에

아직 못다 한 이승의 말들을

들어주기라도 하듯

생전에 큰소리 뻥, 뻥 치시던

무덤가에

소리 없는 성묘객이

도란도란 모여 들었다

3부
사돈

분만

초록빛 사이로
장미 한 송이 비에 젖어 선홍색으로 붉다

하늘은 어둡고
오락가락 빗방울
무게가 버거워 늘어지는 꽃송이들

앉아있다 일어섰다
두 어미는 분주했다

사력을 다하는 며늘아기의 거친 숨소리
지켜보기 안타까워
창밖 풀밭으로
눈길을 돌린다

오월의 숲으로 때아닌 번개와 천둥 칠 때

분만실로 급히 이동하는 발소리, 소리들

그 소리를 들을 수 없었다

첫울음이다

반갑고 경이롭고 초유를 물리는 어미와 자식 심장의

지근거리에

"공주님 축하합니다"

자막이 둥근 달처럼 붉다

사돈

줄다리기하던 마음 길 열고
이억만 리 건너온 억겁의 인연이 있다

서양에서 동양으로
사랑 텃밭 찾아온 코 큰 사위 덕에
금발 파란 눈 높은 코
멋진 추임새까지 가지런한 안사돈과 바깥사돈 맞이
했다

내 생애 이런 인연일줄 꿈에도 생각 못했다

한국에서 마련된 유럽식 만찬
여유와 격의 없는 행동에서 견제하고 탐색하는 지루
한 시간은 없었다
어색함 녹아내린 화기애애한 분위기였지

문화적 시간에서 곰삭아 다져진 여유 바른 인성에

두 손 모은 크리스천 역사로

선연한 휴머니즘이 눈빛과 몸짓을 자극하지 않았다

무궁화를 사랑하는 한국

장미향 그윽한 영국

국경을 초월한 사랑 밭을 일구는

나와 씨줄날줄로 엮인 딸과 사위!

In-laws*

I have opened my struggling heart to this everlasting relationship that came across thousands of miles to Korea.

Thanks to my son-in-law who came all the way to the East from the West for his true love, I was be able to welcome my golden haired and blue eyed 'in-laws' with their lovely voices and nice manners.

I never expected to have a relationship like this in my life.

The European dinner was held in Korea.

There was no boring or awkward moment, no scrutiny or judging of each other.

We had such a happy time all together.

With their relaxed mind and great manners,

With their Christian history,

With their pure intentions and peaceful expressions,

I felt their gentle humanism.

Korea with beloved Mugunghwa (hibiscus),

England with lovely fragrance of rose.

The true love beyond national boundaries,

The protagonists are my daughter and son-in-law!

＊「사돈」 시를 영국에 사는 딸과 사위, 사돈을 위해 영어로 번역함.

첫돌 손녀

작은 심장의 파닥임
오월의 꽃잎처럼 우리에게 온

눈 맞춤으로 시작하여 뒤집고 기고 홀로 서더니
돌떡 나르려고 한 발 두 발 걷는다

단단히 영근 오월 푸른 열매로
첫돌 맞는
또랑또랑 생명의 은총으로 오늘에 섰네

마이크, 연필, 돈까지
미래를 거머쥔 조막손, 손녀

아빠 어미 품에 안겨
박수로 감사드리며

세상이 필요로 하는

인물로 커가길 간절히 두 손 모아본다

내 손녀 예영아! 할미는 너의 바라기란다

꽃신

– 아가에게

가만가만 걸음걸음
세상 첫 걸음 내 딛는 두 발,

그 걸음이 온 누리를 향하여 나아가는 길이란다

내 손녀 예영아!
네게 아주 예쁜 꽃신 한 켤레
신겨 어려움 헤쳐 나아가길 무던히 지켜보련다

그리 열심히 걷노라면 끝까지 걸을 수 있을게다

뚜벅뚜벅 네 걸음 그림자처럼 지켜보는 할미가 있
음을
기억하길

예쁜 꽃신 한 켤레 또박또박

피사체로 들어온다

신생아

안전하게 보호 받던 양수를 넘쳐낸

여린 생명의

세상 밖은

까칠한 두려움의 어둠 이어

보듬고 싸매어도 파랗게 놀라 빛가리가 선명하다

한나절

양수의 허물 벗고

태열도 가시지만

말갛게 씻긴 얼굴은

평온히 잠들었다가도

불안한 밖이라 외쳐 울어댄다

애기야

자고 먹거라! 네 험한 길은 우리가 가지런히

닦아 놓을 것이니

볼 살만 도톰해 지거라

물오른 봄 나뭇가지처럼, 꽃처럼

고사리 손에 시간을 잔뜩 파지처럼 웅얼거리고 있다

아가야! 넌 오래도록 아가로 자거라

이방인

마음 둘 곳 없는 사람아!

천진한 웃음 채 알기도 전에
철이 들어버린 곧추 자란 버린 잎 마름이여
늘 비어 있어 공허한 목마름
그렇다만
인생은 저마다 다른 자리
한바탕 연극무대라
맡겨진 배역이 다르다는 인고의 순간들이다

역할에 충실하여
관객 갈채를 받는 너는 배우
또한 관객으로

세파의 무대에서 인생 놀음 한 판 벌여보자꾸나

인연

비단치마 저고리 새댁이 수줍어 고개 떨구던 때

늦여름 시퍼런 천둥소리에
울다 지쳐 빈 우렁 껍질이 되었다

허망한 열 달 태교에 야속한 만남의 허락은
꼭 이틀간이었다
해당화 꽃잎 같은 생명을
한낮 꿈으로 가슴에 묻던 날,

그날의 쏟아지는 폭우 온통 눈물이었다

애타 허물어진 어미 마음
산모롱이에 무지개로 피어나고

그렇게 아가는 이틀간 소풍 마치고 천사의 날개를 달았다

신의 선물

서로가 서로를 잃어가는 아픈 세상
모든 것 버리고 비워야
다시 채워질 수 있다는 진리에 순응한 생이건만

마음속 숨겨진 더 큰 그림자는
하나의 거짓이 또 하나의 거짓을 포장하고

하늘 높이 솟구치는 불신이 낳은
불의가 뒤덮인
아수라의 자갈밭이다

카인의 후예
아픈 길 돌고 돌아 무릎 꿇은 탕아의 눈물
얼음 꽃 뿌리박지 못하게
진실의 불이 지펴지는
조건 없는 사랑의 포옹이

한없는 눈물로 녹아 무게가 없네

눈이 큰 아이

수숫대 사이로
그림자처럼 지나가는

길게만 보이던 모퉁이 길
잎 부대끼는 소리만 사그락 사그락

음악실 가는 징검다리
가다 멈추고
오던 길 돌아, 한참을 돌아가던
흰 실내화 뒤꿈치
화단에 코스모스
한들한들 저 혼자 가을을 읽고 있다

시린 코를 멋쩍게 비벼대며
사인지 한 장 건네는
눈이 큰 그 아이

언젠가 모든 것 고백하겠다던 들리지 않는 풍경만 펴
놓은 아이

여직,
기다리는 고백은 늘 푸르고
짓궂은 가을 여심은
추억 여행 떠나자 뜨락 환하게 잡아끄네

미련

거친 얼굴 따라나선
낚시 바늘 같은 흰 꼬리가 눈에 밟히는 밤

운동하러 가는 줄 알고 신바람이 난 몸짓
다시는 돌아올 수 없는
아린 여행이라는 걸 알기나 하는지
여직 안마당 한 구석에 얼핏 얼핏
흰털이 날리고 있다

송곳처럼 일어선 잔인한 이기심에 희생된 제물

건강검진 이유 삼아 주인 횡포는 찬 서리 내리고
시골 벌판길에 유기된 후
그 소식에

밤마다 꿈을 꾼다

백구의 아픈 설움에 삭아 내린 운명을

수화기 너머

개장수 울림이

주인 목소리보다 더 푸근함은 잔인한 극치일까

겨울 텃새

험준한 산등성 눈보라 치면

싸늘한 죽음 같은 정적이 서늘하게 번진다

얼어붙은 산자락

산새 한 마리

텅 빈 목탁소리 나뭇가지에 빗금 칠 때

피접한 둥지는

산골짜기 메아리 왁자하게 씻고 있다

양지바른 자락

사스래 나무는 눈보라 휘감아

실크빛 몸매로

봄의 유적을 유혹하고 있다

산정은 고요하고

절간 목탁은 햇살 곱게 두르고

정좌한 묵언수행 길목에

드리운 새 울음이 청청 솔잎 끝에 초승달 매달고 있다

벌새

가을 햇살이
금잔화 꽃잎에 내려 앉아 노니는데

바쁜 몸짓으로 날아와
꿀을 달라는 듯 날개짓 멈추지 못한 채

새도 벌도 아니면서
부산을 떠는 모습 지켜보며

가을 햇살도
우람하게 버틴 290년 된
느티나무도

넌 누구니?

나비

가녀린 꽃 잎사귀 사뿐한데
흔들림 없는 미풍이네
바람결에도 가는 길 멈칫거리는데
날개짓엔 미동도 없는 꽃잎 희롱하는구나

가만, 가만히
몸무게가 궁금하여
손을 내미니
이 꽃잎 저 꽃잎
가을 나들이 바쁘다고
파르르
날아오르네

네가 가을을 부르니, 아! 붉다 단풍드네

아버지의 설득

막내 어깨에 걸려 있는 애달픈 노을
차마 넘어갈 줄 모르고
7월 초저녁 곁에서 맴돈다

형광등 불빛 아래 두레반상
무거운 침묵 흐르고
어머니 빈자리를 채워야 한다는 아버지 말씀
채 비우지도 못한 밥상 너머
구 남매 맏이

상머리 휑하니 비어 있고
아버지 재혼은
굽이굽이 아흔아홉 구비를 넘어야 했다

열다섯 소녀 머릿속
고해라는 세상을 헤엄치고

등 뒤에선 네 살짜리 막내
얼굴에 울음이 맺혀 웅얼거리면

아마도 꿈결 속에서
엄마 젖무덤에 단내를 읽고 있음이리니
엄마는 비어 있다

해송과 바다

해초 내음 품으로 키워 푸르른 기상
짠 바람 비켜 세운
바다의 솔이여!

소금기 안으로 정제하고 모진 인내로 정착한 물관에서
소라들 금어禁語 외면한 채

나이테를 키워 수평선 끝자락에
그림자 드리우고
어부의 만선, 애타했을 정념이
밤바다 윤슬에 출렁이고 섰다

잔솔가지
한 폭의 수묵화요
솔잎은 채색되어
달빛 전설을 키워 모래폭풍 온몸으로 막아선

담대함이여!

성숙한 그 붉은 몸의 덮개 곳곳의 피멍은

바다,
그 포말 일출에 일렁이는 무지갯빛 켜기 위한 외침이
었던가

고독

거울 보다가
지난 시간 속 모습이 낯설 때 고독하다

박힌 가시 아픔 끌어안고
마른눈물 철철 흘리던 고뇌의 시간이
또한 고독하다

시간은 간데없고
그 자리에서 떠날 줄 모르고 끙끙대는 이 속울음도
미련의 늪 허우적거리는
가련한 내 안의 나의 고독이다

신음하듯 간절한 염원
고독한 진주를 캐고
온몸으로 뜨거운 기도할 줄 아는
진정

진실한 자유인으로 거듭나려 하는

내 안의 나여!

나의 고독함이여!

수채화

청각장애
문방구 아저씨
학교 옆 논두렁에서 염소에게 풀을 뜯기고
문구점으로 생계를 이어가는 아주머니

부부는 잉꼬처럼 다정했고
수화와 눈빛으로 대화를 했다

젊은 날 꿈, 나라 위해 바친 청춘
아기 염소 재롱에 시름을 잊는지 묻지 못하고

아카시아 향기 짙어 가던 날
석양빛에 서 있던 부부와 염소가족은

한 폭의 수채화가 되었다

연꽃

진흙 속에서도 튼실한 뿌리는 진주였음인가

초록 연둣빛 넓디넓은 사랑 펼치어
생명의 축제 열고 꽃등을 밝혔다

아우성 흙빛이
이루어낸 장관의 잎 물결 꽃물이로세

불심 담은 여인네
합장한 고운 자태

너울너울 춤사위 연못 위를 거닐며
청잣빛 하늘 화선지로 쓰네

메꽃

그토록 오랜 날 조용히 숨어 살다
살며시 어깨에 손을 얹고
웃는 너

잊고 살던 벗 만난 듯
반가워 발길 멈추고 무릎 꿇고 널 바라본다

네, 흰 뿌리 키워
허기진 이 배를 채워주기도 했다던데

이제
내 마음의 허기 채우려 예까지 왔는가

연약하나
이슬 머금은 너의 생기가
내 허기 채워주는 희망을 잉태하니

풋사랑 멀어들어 네 꽃잎 속 아른거리고

가버린 날의 추억에 어린 종소리

맑은 여운만

길게

내 귓속을 두드린다

홍콩 비경

해가 지면서
홍콩이 자랑하는 풍경의 빛이 현란하다
라이핑 산 정상 빅토리아 파크
128년 전부터 운행했다는 피크트랩이 매끄럽다

중국 속 영국은 늘 태아였다

파노라마처럼 펼쳐지는 렌타우 섬에도
하늘 도시가 똬리를 틀고

눈부신 빛의 향연은
홀연한 여심을 마법에 건다

광동식의 진수는 바다를 풀어놓고 오리를 걷게 하고
몽콕 야시장의
거대한 먹거리는 치열한 삶의 현장이다

영국인도, 중국인도 아닌
홍콩인이라는 현지인들은 그저
사람일 게다

인격 존중의
영국을 느끼고 이제 중국으로 반환된
살아 숨 쉬는 문화를 본다

스위스 여행 하나, 둘, 셋

인터라켄으로 이동하는 빨간 산악열차에서 만난 아
이들
그 아이들과
가위, 바위, 보
원투쓰리로 외쳐댄다

하나 둘 셋 가르치니 열차 한 칸이 웃음바다가 되었다

영하 사십 도 태곳적 신비가 웅크리고 선
만년설 융프라우,
놀라움에 푹 빠진 감탄사는
만년설에 묻어두었다

돌아오는 길
차창 밖 만년설 산등성이를
스키로 내려오는 아이들

하나, 둘, 셋

스키 곡예가 넘실거린다

다시 하나, 둘, 셋

화답하는 메아리가 산등성이 돌아들 때마다

또다시 안녕의 하나, 둘, 셋

행복의 미소가 만년설에 나부낀다

베르겐의 언덕

몽키 퍼즐 트리 희귀하게 커다란 나무가 있는 공원에서 빵을 먹는다

가죽같이 생긴 다른 나무 하나가 큰 바람을 휘몰고 텃세를 한다

그늘은 춥고 초록빛으로 아주 고운 잔디 남녀 한 쌍이 일광욕을 즐긴다

비둘기가 빵부스러기를 주워 먹는 한가로운 한낮 딸과 함께 아크슬라산*을 오른다 바람이 차고 몰아치기까지 하는 그곳엔 이름 모를 야생화가 발걸음 내딛는 곳마다 흔들리며 피어있다

영국 노팅험 대한 졸업식을 마친 후 한국인의 긍지 대단한 모습으로 산에 오른 딸의 모습이 대견스럽다 남편과 함께 산언덕을 오르고 있음에 감사하다 뒤를 돌아 내려다 본 베르겐 시내 한눈에 들어온 장관이 경이롭고 신이 주신 크나큰 선물 하늘을 우러러 두 손 모으는 부녀와 모녀의 노랫소리

산언덕을 타고
오선지를 오르내리듯
음표가 굴러 내린다

＊노르웨이 베르겐에 있는 산.

마카오의 거리

　페리로 한 시간여 바다를 가르며 수많은 생각에 잠겨
본다

　그 옛날 바다를 쪽배에 몸을 실었던 열여섯 어린 소
년 김대건*의 유학길

　마카오로 가기 위해 바다를 건넜던 험난한 여정을 이
제는 여객선을 타고 간다 중국 속의 작은 유럽 포르투
갈의 식민지였던 유럽풍의 도시 언덕 제일 높은 곳에
석조인 성 바울 성당의 전면부만 앙상하게 남았지만 벽
면 그 자체만으로도 종교적 역사의 가치를 인정받고 있
었다

　세나도 광장을 비롯해 주변의 많은 기념품 가게 빗줄
기와 함께 수많은 인파의 물결이 봄비 속에 부산하다 마
카오의 베네시안 이탈리아 베네치아를 그대로 옮겨다
놓은 듯한 천정 벽화 세레나데를 부르는 뱃사공들이 곤
돌라를 타고 운하를 가르는 모습 아시아에서 가장 큰 공
간을 가진 리조트 공연 세계 최대 규모의 카지노 원 호

텔의 분수 쇼 화려한 마카오의 밤 풍경은 종교적 의미와

전혀 다른 카지노의 불빛이 불야성을 이루고 있었다

*마카오에 유학하였고 한국 최초로 사제(신부) 서품은 진자강의 조그만 성당에서 받음.

철쭉

칠갑산 굽이굽이 몸 달아 피어오른 숨결
고운님 데리고
무르익은 초록 숲에서
수줍게 피어
실바람 맞고 수줍게 살랑이는 자태

산마루 오른 고달픈 등정 철쭉 축제가 한창인데
낮은 키에 흐드러진 분홍꽃잎
그대 산바람이여

낙화하는 꽃잎 이별의 손짓인 듯

나무 밑에 수북, 수북
아픈
철쭉빛 여름날이여

어루만지고 끌어안는
소박한 무명의 질감

박희호(시인)

어루만지고 끌어안는 소박한 무명의 질감

최영옥 시인이 기록해 온 일련의 풍경에서 한 개인의 시선과 마주치는 일은 흥미 있는 일이다.

일방적인 바라보기의 태도를 배제하고 개입할 대상을 살펴 상상을 작동시킨다. 사실과 허구를 오가며, 인지하고 존재하는 것에 친밀한 일상, 그 틈을 확인하고 사유하며 시를 짓는 시인의 감정적 안정이 이채롭다.

시인은 나아가 주변에 유기적으로 연결된 현실을 담담하게 '소통하는' 방법으로 구사하고 있다. 일상을 구성하는 각각의 요소들을 또 다른 대상과 관계를 설정하고 삶에 몰입하는 시어들에서 에너지가 발생한다. 또한 개인의 정서에 균열이 갈 때 시인은 침묵하며 말을 아낀다. 때론 시어를 찾아 한 지점에서 또 다른 공간으로 이동하며 기억을 재생시키고 오류를 수정하는 시인의 작은 몸부림을 엿볼 수 있다.

오류를 변명하는 말이 나열되기도 하지만 주체할 수 없는 감정을 어찌 치유할까 하는 고민을 엿볼 수 있어 다행이기도 하다. 이미지가 넘치는 시대의 시선은 화려한 영상으로 집중되지만 이렇게 소박하고 정갈한 시선도 있다. 최영옥 시인은 의미의 양면성을 자신만의 필법으로 색다르게 변주하였다. 그리고 시인은 '결핍'과 '욕망'을 드러내지 않고 자아를 실현하려는 소박한 언어를 구사함으로 '소통'의 구조에 대한 시적 얼개를 짜고 있다.

그 질감들로 시 곳곳에 담긴 삶의 열정과 에너지로 어머니라는 자리를 꿋꿋하게 지키고 있다.

누군가에겐 생과 사의 길목

시치미를 뚝 떼

달빛에 걸어둔

흔들림을 기웃거리는 허공이 있다

영롱한 비단실로 어둠을 통제하는 전사

먹이사냥도

영역표시 방패막이도 아닌 작은 몸집 큰 의미의

신기한 곡예가 아득하다

착각하는 순간의 흔들림을

포착하는 촉수가 환해

정신을 추스른다

은근과 끈기가

생존 술인 거미,

그가 쳐둔 거푸집에

또 한 生이

자멸의 길목에 날갯죽지 퍼덕이면

빈 공간의 덫이 하얀 소곡을 연주한다

정신을 추스른다

다시 은근과 끈기를

거미줄에 보태어주고

허공에 거미줄을 응시한다

-「거미」 전문

거미의 인내란 모름지기 '인지' 하는 것과 '존재'하는 것에 대한 모순적 친밀함이라 할 것이다. 시인은 여인에서 어머니로 할머니가 되기까지의 여정에 대한 인내를 '포착'의 순간에 대입시키지 않고 있다.

거미의 순간적 살상을 배제하고, 영롱한 '비단실'과 '허공'을 안타까워하고 있다. 뿐만 아니라 시인은 먹이에 대한 '욕망', 다가서는 것에 대하여 곡예로 표현하고 있다. 지극한 인내와 사랑이 없다면 하나의 먹이사냥에 대한 처절한 살육만 묘사하겠지만 시인은 이를 아름다움으로 승화시키고 친밀한 일상의 재료에 대한 미적 혜안과 안정적 심상의 기능을 사유하여 오브제로 구성한다.

또한 시인은 현재를 구성하는 시심의 요소들과 다양한 관계를 거부하고, 오로지 대상에 몰입하므로 개인적 정서에 균열이 가는 것에 대한 자극을 거부하고 있다.

이 같은 시인의 취향은 시적 확장에 제한이 따를 수 있으나 독자와의 '소통'에 '소유와 존재'로서만 가능하도록 하는 함축된 진실을 서정적으로 전달하고자 한다.

혹자는 서정시는 자아와 대상 사이에 대립이라는 극
함이 없어 행과 행, 연과 연 사이 간격이 없다고 하지
만 최영옥 시인은 각박한 현실과 대립하지 않고 고정
되고 안정된 삶으로부터 역순하는 과정에 '소통'이라는
지표를 세우는 리얼리즘이 있다 할 것이다.

떠나간 이들이 돌아오길 기다리는 듯
물안개는
바위섬에 하얀 띠 두르고
좀처럼 섬을 허락하지 않았다

뱃길 따라 삼십 분
초록빛 융단 같은 바다 물길을
가르는 거센 물보라
위대했고
인간은 한없이 작아 보이는 뱃길

군무를 추는 듯 울창한 바위
골짜기 사이 사잇길에 누런 대지가 젖줄을 캐는

조용하고

평화로운 섬, 가의도

뭍으로 떠난 이들이 돌아오지 않아

늘어난 빈집 문설주에 소라 이야기는 없었고

양쪽 포구를 내려다보고

아이들 없는 교실 묵묵히 지키고 선 섬 끝자락엔

고동과 홍합이 장을 열었다

오염되지 않은 인심이 소롯한 바다

짠 내만 가득

기억하는 섬,

가의도는 무심히 수평선을 지키고 있었다

－「가의도를 가다」 전문

   최영옥 시인이 많은 여행을 다니고 있다는 것을 이 시집의 전편에서 느낄 수 있다. 여행이란 비우거나 채우기 위해서 떠나는 것이다. 이런 소박한 의미에서 보면 시인은 대체로 삶의 편린들을 기억하기 위해서 떠나는 것으로 보인다. 이것은 지극히 실용주의라 할 것이다.

실용주의라는 말을 처음으로 만들어 낸 철학자 '퍼스'의 기호실재론의 일부인 지표를 요약해보면 방향이나 목적, 기준 따위를 나타내는 지표指標에는 대상체 사이에 인과적인 관계가 존재한다. 따라서 시인의 여행에는 방향과 목적, 기준에 대한 분명한 지표들이 시심의 본능과 유기적으로 '심리적 거리'psychic distance를 좁혀내는 감각의 틀을 유지하고 있다.

시인은 떠난 이들의 빈 공간으로서 작아진 섬을 이야기한다.

떠나간 이들이 돌아오길 기다리는 듯 /……/ 늘어난 빈집 문설주에 소라이야기는 없고 기회가 있다면 뭍으로 떠난 이들, 그들이 떠난 자리는 공간으로 확장되고 그 안에서 섬은 작아진다는 것, "아이들 없는 교실 묵묵히 지키고 선 섬 끝자락엔" 이 시집의 모티프는 경쟁시대를 살아내는 치열한 삶에 대한 이해에 있다고 보아야 할 것이다.

한 개인의 역사이며 기록이기도한 하루하루의 일상이 동시대인 것이다.

시인은 주관적 정서나 내면세계를 과장하지 않는다. 그러나 때론 고정된 인식과 '감각의 틀'을 벗어나려 노

력한다. 골짜기 사이 사잇길에 누런 대지가 젖줄을 캐는, 오염되지 않은 인심이 소롯한 바다, 삶의 유속에 휩쓸리지 않으면서도 옹골찬 비의悲意를 충족하려는 결핍을 충족하고자 애쓰는 모습이 시편들 곳곳에 내제되어 있음을 볼 수 있다.

시인은 충족되지 않는 '결핍'을 체험하고자 낯선 길로의 여행을 하지 않을까? 생각해 본다.

새벽 어스름 매캐한 연기
군불을 지피던 고모의 자지러지는 해소기침
사립문 옆 외양간 누렁이 여물을 씹는다

부엌 옹솥의 밥, 뜸 들고
화롯불 된장찌개 바글바글
안방에 아침상 차려지면
고모 걸음이 바빠진다

누렁이 목줄에서 딸랑이 울릴 때
받아온 첫 소똥
두 발등이 맹꽁이배처럼 소복한 큰언니 발

서울서 인천 소사까지 통학을 하다

동상에 걸린 치료약 처방으로

아버지가 재봉으로 만들어주신

광목 주머니에 소똥이 채워지고

두 발을 담근 큰언니

열두 살 소녀는 그것이 당연한 듯

고종사촌 오라버니들도 군소리 없이

아침을 먹고

착하디착한 고모 낯빛은 천사처럼 해맑았다

누렁이도 헤벌쭉 김이 모락모락 피어오르는

여물 먹는 아침

방학 한 달 동안

고모와 누렁이 수고로

동상은 완치되어

누렁이 워낭소리 크고 맑게 울리고 또 울렸다

― 「워낭소리와 고모」 전문

시인의 시편에는 가족에 대한 애틋함이 많이 드러나
있다. 시에서 '미적 거리'는 미美를 인식할 때 주관적
감정에 몰입되면 합리적 시심에 대한 개별적이고 독창
적인 창작의 특징을 찾기 어려워진다.

대상을 인식하는 과정에서 '미적 거리'가 필요하다는
인식을 게을리 해서는 안 된다. 대상과의 거리가 좁을
때나 초과될 때 작품은 사적으로 흐르거나 관념에 머
물 수 있다는 사실을 명심해야 한다. 따라서 창작의 미
적 완성도를 위해서는 대상과의 거리가 필요하다.

시인은 정갈한 삶 속에서 참으로 고즈넉해 보인다.
팔십여 시편들은 대립이 없다. 어쩌면 이것이 시인의
시에서 확장성을 억제하는지도 모를 일이다. 그러나
심상이 시어로 발현되는 과정에서 대립적 요소가 억제
된다면 시의 긴장감은 떨어질 수밖에 없다. 모든 대상
을 아름다움이라는 단어로 응축할 수도 없다.

세상은 다양한 슬픔이 있고 분노가 있다. 적정한 거리
가 유지될 때, 시는 확장성을 갖는다. 기억 속에 침잠된
가족의 애환과 사랑만으로 시적 확장성을 갖긴 어렵다.

그러나 시는 우리의 익숙한 습관에 질문을 던진다.
잊고 살아가던 소중한 가치를 발견하고 작은 소요들에

주목하거나 본질을 깊이 사유할 수 있다는 것이 바로 詩일 것이다.

그런 의미에서 시인은 삶의 유속에 침몰되지 않으려는 저항의 방향 조절타가 작동하고 있다는 점에서 다행이라 여겨지는 것이다. 시인은 시 속에서 휴식을 찾는다는 의미 또한 눈여겨 볼만하다.

사립문 열린 사이로 산발한 달빛이 초라하다

숭고함 잊은
파란 샛별 미간으로
신비한 밤바람의 희미한 가락이 흐른다

빛은 아련한데
양털구름은 저들만의
정겨운 행진을 하고
에워싼 무리의 빛, 그 빛도 유성처럼 포물선을 그린다

하나둘
홀연히

174

밤하늘 달무리 되어 떠나가는 인연의 숲,

그 아픔을 애도하듯

처연한 빛살은

그리움의 타악기 되어 밤을 지키고 있다

종탑에 어리는 빛 오래도록 정지시켜

실오라기 같은 여백의 마음, 고샅길 가로등에 턱하니
걸쳐둔다.

마음 여백 복잡함을

씻어내고

열일곱 코스모스 빛 꿈을 꾸던

홀가분한 마음으로

내일을 맞이할 채비를 하련다

–「달무리」 전문

시인은 일상의 경험에서 체득한 작은 떨림을 자연의
질서 안으로 끌어들여 소통하는 통로로 사용한다.

시인의 시는 대상에 대한 지속적인 관심과 사유하는

과정에서 나온 결과물일 것이다. 시는 닿을 수 없는 너머의 세상을 보여주는 창과 같은 역할을 해야 한다. 언어에도 온도가 있듯이 시에도 체온이 있다.

시상이란 구체적 개념이 관찰될 수 없는 추상적 개념으로 넘어가는 순간이다. 이때 문득 시인은 기억에서 벗어난 부재의 시간을 깨닫는 것이다. 또한 최영옥 시인은 독실한 가톨릭 신자다. 그런 의미에서 시인의 시는 따뜻하다.

그 아픔을 애도하듯 / 처연한 빛살은 / 그리움의 타악기 되어 밤을 지키고 있다

이 시에서 채도와 명도는 밝다. 그러나 촉감과 질감은 소박한 무명과 같다. 하지만 단순히 고운 감정만으로는 시가 되지 않을 수 있다. 자칫하면 시의 채도가 낮아 무채색의 소유물이 될 수도 있음을 명심해야 할 것이다.

모든 시인에게 매너리즘은 익숙함에 길들여져 창의성이 무너지는 경계의 대상이다. 시인은 이 시대에 난무하는 실험적이고 어려운 시적 구성들로부터 정서를

복원시키는 조용함이 있다. 대상과 대상을 자연스럽게
이어주는 소박함이 있고 대상의 숨결을 고스란히 바라
보는 익숙한 시편은 순수한 언어의 직조력 때문이 아
닐까 생각한다.

　　수많은 세월 나이테를 간직하고

　　숨 쉬는 우직함

　　버리려 했었다

　　옛것의 소중함보다

　　새것의 편리함 찾아다니던 시간, 시간 속

　　조상의 숨소리 받들고

　　선비의 기개를 사랑한 너의 향기

　　믿음직한 자태

　　마음 모아놓고

　　생각 모아놓고

　　갓끈 다시 매게 하였다

　　옛것을 잃지 않았다는 자부심

　　그 곁에

　　새것이 이루는 조화로움

조선기와 지붕 밑에

곱게 단장하고

춘향목 은근한 향내 두른

수백 년 몸태

더 길고 긴 세월의 주인으로

새 나이테 두르고

행복한 궁궐 지켜갈 정녕 귀한 버팀목이여

　　　　　　　　　　　　　　－「대들보」 전문

　시인은 지나온 삶의 공간에서 '생각의 재료'를 추출해낸다.

　과거를 스캔하고 이면에 내재된 의도와 사유를 끄집어내는 시의 육화肉化 과정이 섬세하면서도 때론 야멸차다. 시인은 언제나 역동성을 지닌 새로운 시적 문장을 탐색함으로써 시적 언어의 긴장도를 높여야 한다. 상투적이고 상식적인 감각을 탈피할 때만이 무한대로 시는 확장될 것이다.

　그런 의미에서 이 시 「대들보」는 과거를 현대에 접목시키는 심미적 거리가 적당히 유지되고 있다고 볼 수 있다.

    조상의 숨소리 받들고 / 선비의 기개를 사랑한 너의 향
기 / 믿음직한 자태 / 마음 모아놓고 / 생각 모아놓고 /
갓끈 다시 매게 하였다

무음無音인 활자 속에 시적인 선율, 시인의 색채와
질감, 색다른 미각까지 포함되었으니 이는 곧 독자와
'소통'이라는 구조를 완성한 절창이라 아니할 수 없다.
    시인이 간절히 바라는 '소통'엔 소리와 풍경 그리고
느낌(맛)이 다 들어있으니 독자의 마음에 침투하지 않
을 수 없다. 그래서 시를 짓는 일은 단순히 보고 듣는
것으로 그쳐선 안 될 것이다.
    철학자 하이데거는 철학이 시와 비슷하기에 시작詩
作은 '철학의 누이'라고 인정한 바 있다. 시를 짓는 것
이 설령 의도적이었다 해도 차곡차곡 고인 마음을 퍼
올리는 작업이기 때문에 전부를 감출 수는 없을 것이
다. 하여 시에게도 품격이 주어지는 것이다. 유려한 문
장도 사람 냄새가 나지 않으면 뜬구름처럼 허무함만
남는다.

이 시대의 시와 시인은 진화하는데 독자는 대부분 제자리에 머물러 있다. 시와 독자의 거리가 아득하다. 생산자인 시인이 시의 소비자가 되어가는 현실은 시인의 책임이 크다. 평생에 걸쳐 통일을 염원하며 통일시를 지으셨던 김규동 선생의 살아생전에 "시는 구호가 아니다"라는 말씀이 새롭다.

보라빛 염낭에 별꽃 피워 수줍은 잉태를 시작한다

한 올, 유년의 기억 화선지에 핀 꽃
어머니 저고리 빛이 촘촘한데

해소기침 잦았던 고모님
낯빛으로 다가서는
애잔한 꽃 결이 푸른 불씨를 매달고 앨범 밖을 서성이면

한여름 뙤약볕도 신비한 가사를 걸치고 있다

개울에 걸린 나무다리
보도랑을 따라

오리나무 길을 지나면

수국꽃이 만발했던 사립문

바람에 흔들리는 꽃모가지에

무거운 눈꺼풀이 흔들리면

혼절한 추억의 갈피에 성성한 주름 안고 휘적휘적 내가
걷고 있다

－「도라지꽃에 대한 필사」 전문

철학자이자 사상가인 아리스토텔레스의 방대한 저
술 중 이십 퍼센트 이상은 생물학에 대한 탐구라 한다.
여기서 거창하게 아리스토텔레스를 언급하는 것은 최
영옥 시인의 첫 시집에서도 자연과 꽃에 대한 시편이
삼십 퍼센트를 넘는다는 것이다.

늦깎이로 출발해 시를 쓰느라 밤을 밝히는 시인은
마음을 졸이며 조급해 할 때가 참으로 많다.

시 쓰기란 자신의 등을 보여주는 것이라 할 것이다.
볼 수도 만질 수도 없는 인체에서 소외된, 즉 몸의 그
늘 같은 등을 굳이 궁금해하는 것, 하릴없이 타인에게
고백해야만 하는 것, 보이지 않는 막막한 대상을 찾아

가는 과정, 그것과 유사하다는 생각이 든다.

또한 시는 몸의 언어이고, 눈의 언어이다. 그럼으로 끊임없이 만지고 더듬고 바라보아야 한다. 그래서 시인은 많은 여행을 목적하는지도 모른다. 뿐만 아니라 기다림을 끌어와 전혀 다른 대상을 수직선상에 놓을 수 있어야 한다.

시제 「도라지꽃에 대한 필사」에서 보듯 자연을 베낀다는 역설, 이것이야 말로 시에 대한 경외함인 것이다. 시인은 자연의 생명체에 대한 존재 목적을 밝히는 학자가 아니지만 그것을 분류하고 기관과 기능을 예찰하지 않고서는 자연에 대한 시상의 언어를 풀어낼 수 없다.

그리운 얼굴인가

아쉬운 연서인가

아직도 잠들어 있는 고요를 간직하고

달 옆에 비켜선 별빛에 쓰인 초서

유년 삽화처럼

아득하니

어머니 머리 수건 위로

고요히 내리던 달빛 언어로

뜰 앞에 서니

별빛에 얼핏 비친 어머니

눈물 같아

아궁이에 타는 군불

어머니 눈물이며 따뜻한 손길이었다

혼탁한 세월

고통 끌어안고도 내색 없었던 침묵은

출렁이는 파도였을까

이제

아내로 어머니로

새벽을 여는 여인이 되고 보니

그이의 일상은 늘 기도로

눈밭에 핀 복수초로

첫새벽 무거운 눈꺼풀 열었었지

잔설에 친구 되고

꽃 잔에 벗이 되었던 내 나지막한 고향이신

어머니! 묵언으로 불러본다

그 어머니

소식 묻고 싶어 새벽달 따라

한 발 한 발 다가가니

어느새

오늘이란 팻자국만 겹겹이

나를 위로하고

내가 엄마 되는 사이

먼동 희뿌연 틈새로 휘어가는 그림자

그만, 어머니는 화석이 되었다

－「새벽달에 쓴 연서」 전문

최영옥 시인의 첫 시집 표제작이 된 시다.

어머니란 단어의 본향은 어디일까? 그 어머니의 어
머니인가. 이 단어에는 그저 먹먹한 아쉬움만 맴돈다.

시인은 그 단어에 연서를 그것도 새벽달을 향해 초서 같이 시로 지었다. 아마 새벽달을 볼 수 있는 시간까지 잠들지 못한 시인의 애처로움이 묻어나는 작품이다.

시인은 십오 세 무렵 어머니를 여의었던 것 같다. 그 아픔의 바탕 위에 시적 의미와 파장을 넓히고 있다. 시인은 감정을 낭비하지 않는다고 하지만 어찌 어머니란 단어 앞에서 감정을 낭비하지 않을 수 있으랴만, 최영옥 시인의 어머니에 대한 감정은 절제된 흔적이 보인다.

잔설에 친구 되고 / 꽃 잔에 벗이 되었던 내 나지막한 고향이신 / 어머니! 묵언으로 불러본다

말은 있으나 소리가 없는 묵언 '어머니' 그 안에 또 무슨 감정이 필요하겠는가. 시인의 내밀한 사적 언어는 짐작으로 가늠할 뿐이다.

시인에게 부재의 시간은 모두 삶의 중심으로 함몰되고 흔적만 남았다. 시인이 그토록 골몰한 것, 어머니는 기실 꿈의 밖이었던 것이다. 시인의 '어머니'에서 소슬한 여운이 깊다. 기억한다는 것은 자신의 내부인 내적 세계에 대한 존재의 의미를 마주한다는 것이고 시인은 언제

나 습관처럼 파문을 따라 사유를 하게 되는 것이다.

어쩌면 우리의 일생은 길거나 짧은 한 편의 꿈이 아닐까? 어머니는 자식 된 입장의 언어로는 표출하지 못할 깊고 애잔함이 있다. 결국 시인의 평정심으로 그리움의 긴 여정을 거쳐 내면을 기록한 시편은 시인으로 하여금 개인의 자성은 물론 주변에 상호주관적 관계를 유지하며 '소통'하고 있다.

뿐만 아니라 시인은 아버지에 대한 유년기 기억을 더듬고 있다.

> 골덴텍스Golden Tex양복감을 편편하게 펴신 아버지
> 삼각형 분필로 재단하신다
>
> 순식간에 윗도리 옷본이 생기고
> 바지 본이 만들어지니
> 가위 지나는 길마다 보릿고개 허기가 지워진다
>
> 　　　　　　　　　　　　　　 ─「재단사의 하루」부분

최영옥 시인은 양복점을 운영하던 아버지로 인해 유년기를 경제적으로 안정된 시간을 보낸 것으로 회상하

고 있다. 어쩌면 시인은 이러한 유년기의 기억을 기록하고, 현재의 행복이라는 여정을 기록하기 위해, 시 짓는 일에 열정을 쏟고 있는지도 모를 일이다. 생의 마침표는 결국 신이 정해놓은 공식이지만 순서는 따로 있을 수 없다.

'부재'란 늘 뼈아픈 언어이지만 우리는 망각이라는 기막힌 탈출구를 준비해 두고 있다. 시인에게서 아버지와 어머니는 아득히 멀어진 생물학적 '부재'의 이름이다. 그러나 시인의 기억하고 기록하려 무던히도 애를 쓰고 있는 모습이 시편에서 애처롭다. 텅 빈 시간과 흐르지 않는 공간에 멈춰선 시인의 발걸음에서 애초 인연이란 어긋난다는 사실을 부정해 보고픈 슬픔을 읽는다.

남편을 수술실로 보내놓고 삼 층 성당으로 향했다

성체조배하며

하느님께

무릎 꿇고 간절한 기도 속에 묻혀

믿고 맡기는 평온한 기다림이었다

미사 중에 문자가 떴다

세 시간의 수술

회복실로 옮긴다고,

중환자실 행도 다 물리치고

간호사 여섯과 의사와 입원실로 거창한 입성을 했다

아들에게 인증 샷을 남기란다

환자의 여유로움은 기도의 바람이었을까

입원실은 환해지고

함박웃음이 번지는 가족들 얼굴빛

두 손 모은 감사의 기도였다

- 「병실에서」 전문

시인은 남편을 묵묵히 따라가는 조신한 실의 모습이
다. 실은 좁은 '바늘귀'를 통과해야 하고 바늘은 실이
끊어지지 않게 끌고 가야 하니 서로에게 배려가 있어
야 한다. 그런 의미에서 시인 남편은 시인의 염려를 자
신의 고통과 맞바꾸고 있다.

세 시간에 걸친 수술 후 환자 자신의 고통보다는 두 손 모아 기도에 여념 없었을 아내를 생각한다는 것이 어디 말 만큼 쉬운 것이겠는가. '인증 샷'을 남기라는 환자의 한마디는 아내와 가족에 대한 배려의 다름 아닐 것이다. 참 따뜻한 장면을 시편으로 담담히 그려낸 시인의 안정적 삶, 그 언저리를 볼 수 있다.

최영옥 시인은 이렇듯 부모님의 기억을 기록하며, 현재의 안정적 삶으로 인해 본성이 따스하다. 이 행복감이 시인의 눈을 아름답게 꾸민 긍정적 힘의 원천이라 한다면 시인의 시는 좁은 것이다. 인간은 삶이 안정적일 때 확장을 꿈꾸게 되는데 꿈이 없는 안정은 결국 안주하는 소극적 심연을 갖게 되는 것이다.

시인은 확장을 화두로 잡아야 한다. 내가 아닌 주변에 주목하지 않으면 슬픔도, 분노도 허구일 수 있다. 굳이 슬프고 분노하기 위해 나를 '결핍'시킬 필요는 없다.

그러나 시인이기에 자신을 '결핍'시킬 수 있어야 한다. 그래야만 시적 확장을 담보할 수 있다.

'시의 힘'은 시인이 아는 유일한 묵언이다. 점도粘度에 따라 분화구 근방에서 굳어지거나 먼 곳까지 흘러가는 용암처럼 시에도 점도가 있다면 단연 먼 곳을 향할 것이다. 시는 뜨거워야 하고 흘러가야 한다.

한 곳에 유착되지 않고 대중에게 두루 스며야 한다는 사실을 인정할 때 시인은 '결핍'할 수 있고 시는 확장할 수 있다.

줄다리기하던 마음 길 열고

이억만 리 건너온 억겁의 인연이 있다

서양에서 동양으로

사랑 텃밭 찾아온 코 큰 사위 덕에

금발 파란 눈 높은 코

멋진 추임새까지 가지런한 안사돈과 바깥사돈 맞이했다

내 생애 이런 인연일줄 꿈에도 생각 못했다

한국에서 마련된 유럽식 만찬

여유와 격의 없는 행동에서 견제하고 탐색하는 지루한

시간은 없었다

어색함 녹아내린 화기애애한 분위기였지

문화적 시간에서 곰삭아 다져진 여유 바른 인성에

두 손 모은 크리스천 역사로

선연한 휴머니즘이 눈빛과 몸짓을 자극하지 않았다

무궁화를 사랑하는 한국

장미향 그윽한 영국

국경을 초월한 사랑 밭을 일구는

나와 씨줄날줄로 엮인 딸과 사위!

－「사돈」전문

어느 엄마가 딸에게 관대하지 않을 수 있을까? 이
말을 최영옥 시인에게 묻고자 하는 것이 아니다. 시인
은 유독 딸에게만 관대하여 이 시를 쓴 것이 아니다.

여러 시편들, 「둥지 Ⅰ」과 「둥지 Ⅱ」에서 시인은 자
식에 대한 애련함이 깊다 못해 시리다는 것을 볼 수 있
다. 어떤 부모인들 자식에 대한 사랑이 엷을 수 없다.
자식을 떠나보내는 시인의 가슴은 허허虛虛하다. 그러
나 시인의 자식에 대한 사랑으로 가득한 마음의 용량
을 시에 담고 있다. 과거 사회적 관습을 차분하고 절제
된 언어와 영혼을 채근하며 자식과의 접경接境에서 믿
음과 호의, 긍정이라는 일면을 담담히 그려 내고 있다.

시인은 이십여 년 간 시력詩歷에도 불구하고 이제 첫 시집을 내게 된 것은 스스로 과거로부터 또는 현재로부터 자유로워지려는 이유일지도 모를 일이다. 그것은 단절이 아니라 시에 대한 확장을 꿈꾸며 한 꺼풀의 허물을 벗고자 하는 바람이라 생각한다. 시에 대한 모색이라 가족들의 이해를 바라는 것이다.

모로 시인은 불안과 절망을 통해 이 시대의 환부를 들여다보려는 자각도 있으리라 본다. 그것은 곧 시에 긴장감을 흐르게 하는 동력이 될 수 있기 때문이다.

어찌되었건 과거 우리의 관습은 내적 소용돌이였다면 글로벌 시대를 향유하는 작금의 기준에서 시인은 외국 사위에 대해서도 애틋한 정을 주고 있고 '사돈'에 대한 정감도 남다르게 표현하고 있다.

서양에서 동양으로 / 사랑 텃밭 찾아온 코 큰 사위 덕에 / 금발 파란 눈 높은 코 / 멋진 추임새까지 가지런한 안사돈과 바깥사돈 맞이했다

시인의 서양 사돈에 대한 극진한 심성을 엿볼 수 있는 행과 연에 고스란히 담겨 있다고 볼 수 있다.

최영옥 시인은 여러 시편들에서 자연, 꽃에 대한 연민이 남다르다 할 수 있다. 작품 「그리움 사계」에서 노래한 "화사하게 피어나는 애련한 모습은 / 채 여물지 못한 생명들이 / 안타깝게도 기억의 저편에서 아른거리고 // 단풍들 아우성 / 낙엽 따라간 생명의 흔적이어" 자연에서 현실을 보는 눈이 이채롭다.

작품 「능소화」의 "애써 피워낸 주홍빛 고운 자태 / 초록 잎 사이로 흐드러졌으나 위선은 향기가 없다 // 치명적인 꽃가루는 / 주홍글씨 목록에 편입되었고" 이렇듯 시인은 자연을 경외하며 끊임없이 세상과 연결고리를 찾으려 무던히 애쓰고 있음을 볼 수 있다. 또한 작품 「낙타」 "낙타의 순종으로 삶의 보금자리를 / 다지고 사는 삶, / 그 노고는 / 힘차게 일어서는 / 묵묵한 낙타의 침묵으로 얻는다" 아픔과 고단을 직관하는 작업에도 소홀함이 없어 다음 시집을 주목하는 이유다.

또한 최영옥 시인은 손녀에 대한 '설법' 같은 마음의 연민이 있다. 작품 「신생아」에서 "애기야 / 자고 먹거라! 네 험한 길은 우리가 가지런히 / 닦아 놓을 것이니" 이 얼마나 사랑이 넘치는 대화인가. 그런가 하면 시인엔 孫을 잃은 아픔의 질곡이 가슴 언저리를 기

193

록하고 있기도 한다. 작품 「인연」에서 그러하다. "허망한 열 달 태교에 야속한 만남의 허락은 / 꼭 이틀간이었다 / 해당화 꽃잎 같은 생명을 / 한낮 꿈으로 가슴에 묻던 날, // 그렇게 아가는 이틀간 소풍 마치고 천사의 날개를 달았다" 단 이틀간의 소풍, 현대의 의술을 원망하며 제 어미(아기의 엄마) 가슴보다 더 옹골차게 손녀를 묻고 기록한 아픔, 이 아픔이 얼마나 오죽했으면 손녀에 대한 마음이 애착이나 집착일 정도로 이 시집에 여러 시편들이 실리게 되는 이유가 아닐까 생각한다.

작품 「꽃신」에서 여실히 드러난다. "내 손녀 예영아! / 네게 아주 예쁜 꽃신 한 켤레 / 신겨 어려움 헤쳐 나아가길 무던히 지켜보련다" 시인 자신의 미래보다 손녀에 대한 미래를 더 지켜보려는 시인의 마음에서 애잔함과 더불어 숙연함을 느끼게 한다.

시인의 첫 시집은 첫 뚜껑이고 그 뚜껑은 버진 팁 virgin tip과 다름없다 할 것이다. '시詩의 초경'은 시작되었다. 소멸되어 가는 기억을 기록하는 일도 상당히 중요한 시의 요소이긴 하다. 그러나 박제된 과거의 서늘한 기억으로 들어가 상처를 재확인하는 것은 공허한 '잠복적 고통'일 수 있다. 그렇기에 시는 과거의 기억으로부터 결기가 있어야 한다. 시인은 늘 시의 '지각판'이 어디쯤 매장되어 있을지 찾아 헤매야만 '시의 고리' '시의 밑절미', 불을 맞이할 수 있을 것이다.

시인은 불안과 절망, 고통을 통해 이 시대의 환부와 마주할 수 있다. 이것이 전제될 때 시인의 눈은 사물의 깊이에 침잠할 수 있는 것이다. 이제 최영옥 시인은 자유로운 장식을 얻었다.

이젠 멸막을 지나야 불편한 진실을 마주하게 되고 그것이 형상화될 때 결백을 볼 수 있는 혜안을 가질 것이다. 외부의 세계는 프리즘으로 빛이 굴절되어 들어오듯 충만한 내용과 뒤섞이며 우리의 의식에 영향을 미친다는 것이다.

색채 심리를 분석한 연구에서 표현주의 작가들은 자신의 내면세계를 주로 색을 통해 드러냈다고 한다. 시에도 분명한 색깔이 있다. 그 작품이 지닌 이미지가 곧 색인 것이다. 시인은 명심하길 바란다.

거듭 당부하지만 매너리즘을 거부해야 한다. 그럼으로 시인이 늘 새로운 시어를 찾을 때, 순간 간절한 기도처럼 시는 발화되고 드높이 날 수 있을 것이다.

문학이라는 무한한 창공을 배회하는 시의 얼개들,

그래서 시인은 끊임없이 태어나고 시는 존재한다. 절망을 두려워하지 않는 시인은 천생天生 외로운 방랑자여야 한다. 타자에게 시인 자신을 고백해야만 하는 시인은 자신의 내밀한 통로를 독자와 소통해야 비로소 시는 완성된다고 보아야 할 것이다.

사르트르는 "시에 있어서는 패자가 곧 승자이다. 그리고 진정한 시인은 승리하기 위해서 죽음에 이르기까지 패배하기를 선택한 사람"이라고 하였다

시인은 시를 찾아 떠도는 유목민이란 사실을 명심하고 다음 시집을 위해 정진하길 바라며, 첫 시집의 무게가 적당하다는 말씀을 전한다. 첫 시집 상재를 축하드린다.

박희호(시인)

시집으로 『거리엔 지금 붉은 이슬이 탁본되고 있다』 『그늘』 『바람의 리허설』 등이 있다. 분단과 통일시 동인지(4회 차) 발간했으며, 한국작가회의 회원, 민족작가동맹 위원장, 한국하이쿠연구회 사무총장, 북미 평화협정체결 운동본부 공동상임 위원장을 맡고 있다.